그냥 가라 했다

산지니시인선 005

그냥 가라 했다

강남옥 시집

산지니

| 시인의 말 하나 |

나를 자유롭게도, 슬프게도, 옭죄기도 하던,
그 실패의, 그 갈지자의, 그 유랑의 기억들을 호명한다
분수를 아는 삶은 나쁘지 않다, 지금 여기에서는 이 정도,
햇빛 아래 불려나온 추레한 이삿짐 같은 기억들이
시를 욕되게 하지 않기를 바랄 뿐이다.

| 차례 |

제2부

제3부

제 1 부

패인 자리

당신이 등을 보이고 걸어간 길
사라진 날들
함께했던 시간의 무게만큼
당신 구두 굽 모양의 땅이
패인다
그 자리에 빗물 고이고
넘쳐나서 흐르다 편편해진다
그 자리에 꽃씨 떨어졌기를 소망했다면
모든 상처는 꽃이겠다
모든 꽃은 상처겠다

걸어 잠그다

밥 한 공기 재갈 물고 주먹 꽉 쥐고
누릿누릿 눋는다, 화상 흉터 가득한 누룽지로나마
뜸 잘 들었던 밥 냄새로 남고 싶다
빵도 그렇다, 말랑한 속 터지도록 지퍼 채우고
딱딱한 잉여의 추억으로 마르는 것은
불 속에서 익어가던 반죽의 골격만큼은
잃지 않겠다는 다짐
빗장 지르고 묵언 수행 중인 저 얼음장은
차디찬 연금 해제되면 땅끝까지 흘러갈
도저한 강, 깊은 계명 지키겠노라 엎드린
침묵의 허원식장
문 걸어 잠근 지 꽤 된 곰국 한 찜통도
담백한 진국의 평화에 이르려
누런 굳기름 끈적한 추파 견디며 한데서 벌벌 떨고
나도 걸어 잠근다, 영혼의 다이어트
나인 줄 알았던 수없는 나 피고름처럼
버둥대며 내 밖으로 밀려나간다
밀려나는 나도 밀어내는 나도 같이 우는

나뿐이랴, 호박오가리 무말랭이 시래기 다발
북어포 황태채 마른 꽃들 천년 미라
저를 버려 저로 남으려는 모든 자존의
목마름

사랑을 두드리다

연애 시를 쓰는 것은
물 많고 껍질 얇은 과일을 말리는 일 같아서
한 군데라도 긁히면
날벌레 들고 구더기 슬기 전에 버려야 하는
민감한 일이나
입 꼭 다물고 불필요한 손만 타지 않으면
힘겹게 꾸덕꾸덕 마르기도 한다

두꺼운 껍질 속에 들앉은 것이라 방심했다가는
실패할 확률이 높다
달콤한 기억은 한 서린 여자의 저주처럼 집요해서
목 쉰 시간의 녹슨 문고리 뒤에
소복한 채 숨죽이고 기다리기 때문이다, 그러므로

좋은 연애 시를 쓰고 싶다면
물컹해지는 속을 안고 주저앉는 자세를 견뎌야 한다
화끈거리는 화농의 내면을 뛰쳐나온 미완의 연애는
쥐 오줌 자국 번진 들뜬 벽지처럼

얼룩만 남길 뿐, 이럴 땐
햇빛과 바람과 비와 얼음으로 한 세월 무두질하는 것도
한 방책이다, 그렇게
탈색되어진 어느 날

책장의 빈 공간이나 눈에 잘 안 띄는 어디쯤
오도카니 무릎 세우고 앉은,
쪼글쪼글해지고 까매진,
가볍고 단단해진,
흔들어도 적막조차 들리지 않는,
마른 사랑의 골격 더듬어 보며 톡, 톡, 두드리며
파삭하게 투명하게 울리는 그 소리
가감 없이 받아 적는 일이다

기다리지 못했네

내 거기 없을 동안
얼마나 많은 기차들 들어오며
푸른 기적 울렸을까
얼마나 많은 검은 모자와 가방들
부딪히고 섞인 채 안개 속 흘러갔을까
두리번대며 역사를 빠져나온 후에도
삼거리 국밥집에서 붉은 국은 혼자 식어가고
레코드 가게에서 유행가는 쓸쓸히
코피처럼 길거리로 엎어졌을까, 따뜻한
남도의 강은 꽝꽝 입술 깨물며 얼어갔을까
얼마나 많은 복숭아들 비바람에 떨어질 동안
받을 사람 없는 편지들 헤매다
출구 없는 골목에서
끈 떨어진 연처럼 하늘로 올라갔을까
빈 방에서 전화는 혼자
푸르죽죽한 잇몸으로 울었을까
수화기에 대고 들을 사람 없는
미친 안부 물었을까

얼마나 자주 주저앉으며
얼마나 힘겹게 일어서려 했으며
얼마나 캄캄했으며
내 기다리지 못했으므로
얼마나 더 캄캄해질 날들만 믿었을까

두근두근 눈부신 체취

짝사랑했던 총각선생님 하숙방
짝사랑들 안 들키려 부러 크게 키득대며
두근두근 열어 보았던 서랍
하숙집 아줌마가 빨아 삶았을
흰 면 팬티, 그 위의 녹색 칫솔
아, 정말 눈 부셨다
팬티 안의 그 물건이 숨차게 시행하는
사업 공정과 디테일과 그 효과를
정확히 인지 못한 단발머리 공범들이 저지른
그 완전 범죄를 통해 나는
두근두근, 이라는 부사의
눈부심, 이라는 현상의
체취, 라는 어휘의
실체적 진실을 깨우쳤다

처박히더라도 비바람 긋는 지붕 아래
사람 들고나는 훈김 어린 구석이라면
두근두근 먼지 털어내고

굴곡 많은 생이 난도질한 양 음각의 눈부심
그윽한 한 생의 체취로 되살아날 날도 있을 텐데
사는 일은 점점 모두를
찢어진 소파 문짝 떨어진 냉장고 터진 목걸이 알 주저앉은 책상처럼
비바람 들이치는 공터로 밀어낸다
벌건 녹슬기 전, 불도저에 면상 다 찌그러지기 전
두근두근 눈부신 체취의 기억 남아 있는 날 동안
기록해두자 우리
필사적인 일회용 생의 수첩에
뛰는 가슴 가늘게 뜬 눈 떠도는 린넨 향

바람 분다

꽃나무라고 꽃 피우는 일이 좋기만 할까
길어야 열흘
날 좋아야 때깔 고운 교태가 전부일 텐데
이른 봄 막 산통(産痛) 시작된 가지 끝에
마지막 찬탈 노리는 겨울 잔류병들
칼바람 말발굽소리로 들이닥치니
목숨 있는 것이라면 미물에게도
세상은 일관되게 난세(亂世)로다
나오지 마라 나오지 마라 나무의 시름 깊어가도
꽉 차올라 터져 나오는 것 막을 방도란 없어
개나리 자목련 홍매화 홍도화
눈도 못 뜬 꽃잎들 비어져 나온다
얼굴 시퍼렇게 얼어서도 꽃다울 도리밖에 없는
순결한 생애에 늦은 눈비 들이친다
내 새끼 다 어네, 네 누이 한기 든다
이마 파릇한 이파리들
어린 꽃들 가리느라 제 몸 다 젖어도
애먼 저 꽃들 속절없이 다 진다

살얼음 위에 차 지붕 위에 고인 물웅덩이에
얼고 밟히고 잠기고 불려가며
스러져가는 겨울에 바쳐질 공녀(貢女)들
나무가 멀거니 가지가 멀거니 이파리들이 멀거니
내려다보고만 있다
새순 돋으려고 새 이 나려고
연한 살 근질근질 두근댄다고
꽃 피겠다, 꽃나무라고 마냥 신나기만 할까
이파리들 흔들리고 가지들 흔들리고 나무 어깨 흔들린다
맨몸으로 떠나보낸 어린 꽃들 생각에
봉두난발 허공에 처박으며 들이받으며
이 지경에도 청청히 번어가라는 소명(召命) 기막혀
제 손으로 제 가슴 치며 우우 나무가 하도 울어서
바람 분다

틈 지다

자다 일어나 벽에 귀를 대어 보면
누가 울고 있다, 좀 더 대고 있으면
그 울음소리 모래 흘러내리는 소리다
모래와 시멘트와 물과 공기가
서로 떨어지고 싶지 않은 것이다

먹다 남긴 과일 접시를 치우다 보면
끈적한 과즙이 손에 달라붙는다
껍질 벗겨진 과육 속에 스며 있던
그 달콤한 연계가 끊어진 곳에서
햇빛과 바람과 물이 내 손목 부여잡고
쿨쩍쿨쩍 울며 매달리는 것이다

어둠 깊을수록 별은 더욱 빛나고
쓸리는 저 낙엽들 바람 깨우는 소리
소금 바위 때리는 폭풍우같이 거칠다
울부짖음이 놓아버린 생을
다시는 쥘 수 없음을 아는 까닭이다

모든 우는 것들을 들여다보면 거기
틈이 져 있다
그 틈 넓을수록 울음소리 높다가
그 틈 이 한세상 끌어안을 때
모든 울음은 고요로 돌아간다
세상 모든 고막이 터져버린 때문이다

달빛

내가 샹들리에처럼 환했을 때는
몰랐다
너를 잊을 수 있다면
살아 있는 동안 더는
눈물 흘릴 일 따위 없으리라 싶던 때에도
먼발치에 우두커니 한밤 내 서 있던 그를
밝은 하늘에 희끄무레한 반점처럼 찍혀 있던 그를
알아보지 못했다
밤이 되어도
세상의 불빛들은 햇빛을 닮기 위해
필사적으로 켜져 있었으므로
주춤주춤 내게로 왔다가
불 밝은 창가에서 내 눈물만 보고 그가 다녀갔음을
몰랐다
가로막힌 벽 앞에서는 한 발짝도
넘어오지 않는 그
나도 이제 가끔씩은
소등이 필요한 때가 되었다

스위치를 하나씩 내릴 때마다
오래전부터 거기 있었던 듯
따뜻하지만 낯설고
서늘하지만 편안한 그가
언제인지 와 있었음을
늦게 알았다

상처

성탄절 선물로 받은
작은 포인세티아 화분
사무실에 놓고 몇 달 즐긴다
고치 뚫고 나오는 애벌레같이
멍울 찢고 나오는 잎사귀들
기다리지 않아도 때 되면
활짝 붉게 물드는
한 시절 이파리를 즐기기도 하지만
잎 진 자리마다 어김없이
옹이 같은 마디 진다

이파리 한 장으로 살다 떠나도
저마다의 생은 옹이같이 단단한
상처로 남는다

원동을 떠나다

큰막 지당막 주막 초가집 호롱불은
잔바람만 불어도 올무 채이곤 했다
사거점 오두막과 시점 기와집은
큰 물 지면 건너갈 수 없었다
야트막한 강변 꽃 등 밝힌
볼수록 예쁜 패랭이꽃과 조팝꽃은
장질부사로 죽은 마당 우묵한 뒷집
순하디순하던 순자
지게 짐 지고 가 애기 무덤 만들며 울던
박씨와 함께 울었다
팔공주집 정이 네 딸들은 인물이 좋았고
버스가 오면 차례대로 공장가고 시집갔다
아비 다른 오빠와 헤어지며 영숙이는
찬 모래바람처럼 서걱대며 울었고
'원동 이용원' 귀 떨어진 함석 간판 아래
국민학교만 졸업하고 시집 가버린 하숙이와
미국 어디 미군 따라와 산다는 이순이는
몇 살 어렸다

동무 동무 씨동무 보리가 나도록 씨동무
젖은 살빛 감꽃 같던 우리
적천사 새벽 종소리 푸른 여명 쫓아왔다
복의 근원 강림하사 찬송할 길 없도다
현옥이 아부지 유 장로 발 시린 원동교회 새벽기도
아멘 아멘 작은 종처럼 나부끼다 사라진
감꽃처럼 흩어졌다
꽁꽁 언 남강 얼음판
앉은뱅이 스케이트 날 같은 서슬 푸른 꿈도
미역을 못 사 애 낳고 뭇국 마시며 몸조리 하던
꼽사(꼽추) 아지매 종늠(종남)이
학교 갔다 오니 신행 가 버리고 없던
예수쟁이 새색시 달덩이 같던 큰 고모
붙들 수 없었다
마른 먼지 자욱한 가로수 길
소 버짐같이 쓸쓸하던 봄 그날
첫 차 타고 떠나왔다, 떠난 그대처럼
보고 싶고 안 보고 싶던 날들 셀 수 없건만

다시는 다시는 작은 원동
내 돌아가지 못했다

신거역(驛)

학교 갔다 오니
신수 훤한 양반 따라 시집 가버리고 없던
달덩이 같던 큰 고모 집 다녀왔던 밤, 지금은
철거된 지 오래란 신거역에 내렸었다
천지사방 트인 곳에서 자란 내게
빌어 처먹겠다 싶게 답답하던
그 대구 칠성동 큰 고모의 신혼 셋방
어린 맘도 을씨년스러워 울고 싶던 달밤
늑대 우는 산자락 아래 인적 없는 가로수 길
작은 고모는 나를 업고
신들린 듯 뛰어 원동 옛집 돌아와
우물가에서 찬물 벌컥벌컥 들이켰다
말도 안 하고 대구까지 어린 나를
총알받이 삼아 나들이 갔다 온 작은 고모에게
악담 퍼붓던 할머니 오래 잠들지 못하고
니 큰 고무는 잘 살더나?
앞가슴에 손수건 붙이고 다니던
건둥 잠 들었단 깨고 또 깨는 코흘리개 내게

소리 낮춰 물어보시다
곰방대로 나무 재떨이에 떨어진 별들
탁탁 후려치셨다
그때 이후 내겐
발걸음 멈추는 모든 곳이 역사(驛舍)였다
통학열차를 타던 푸른 청도역
수학여행 종착역이던 붉은 영등포역
우산을 두고 내린 동대구역
그 우산 기어이 다시 찾은 대구역
통금에 걸려 쫓겨 들어갔던 작달막한 옥천역
아메리카 일 번지 워싱턴디씨 유니온 스테이션
지나쳐 갈 뿐인 역사에
정을 주고 잊지 못했구나
내 지나쳐온 역 죄 거슬러 밟고 가
이제는 낯선 신거역에 가 닿으면
신거역은 그 달밤을 기억할까
내 기억도 누군가에겐
고개 끄덕여지는 울고 싶은 달밤일까

기차가 서지 않는 철거된 역일까

처음 가는 길

이젠 두렵지 않아요
이제, 라 하는 건
수없는 그제나 저제 덕이죠
지금 어두워 오고
비 오고 천둥 치고 번갯불 번쩍이고
바람까지 불지만
수없는 그제나 저제에도
비 오고 천둥 치고 번갯불 번쩍이는 밤길
바람 거슬러 달려왔기 때문이죠
그 길 달려 건너오며 배운 것은
길 위에 서야 비로소
길이 보인다는 것
처음 가는 길이 두려운 것은
아직 길 위에 서지 않은 때문이고
아직 시동 걸지 않은 때문이죠
그 길 끝에 있는 것 사무치게
그립지 않단 말이지요

그곳

나는 그곳을 샹그릴라라 부른다네

낯익은 길을 잃었던 그날
어느 다리 밑으로 두근두근
차를 몰아 갔던 희미한 오후
물 맑고 그늘 깊어 가슴 미어지던
그리운 사람들 죄 만날 것 같던
땅거미 지는 가로수 길 홀로
푸른 연기 오르는 곳으로 내달리고 싶던
그러나 차창 내릴 수 없던
어디에도 멈춰 설 수 없던 그곳

사라졌기 때문에 찾을 수 없어서
머물 수 없었기로 말 건넬 수 없어서
너무 더러운 내 입성 한없이 부끄럽던 오후
제 정신으론 갈 수 없어 쫓겨났기로
금 간 다이아몬드 같은 눈의 소녀가
훈풍처럼 맨발로 지나치던 그곳

나는 어딘지 분명히 알고 있다네
톨게이트 지나 그 낡은 교각 위 지날 때마다
그렁그렁 다리 밑을 살핀다네
물 맑고 그늘 여전히 깊건만 온 데 간 데 없어
내비게이션 끄고 시동 끄고 미친 척
브레이크에 발 얹은 채 가슴만 미어지는

나는 그곳을 샹그릴라라 부른다네

서성이다

세상 나들이란 게 결국
방에서 마루로
마루에서 축담으로
축담에서 마당으로
한 바퀴 휘 돌아 뒤란으로 담장 위로
서성인 것이 전부
이리로 뛰어내릴까
저리로 뛰어내릴까
위태한 담장에 걸린 궁리 익어갈 동안
살구나무와 감나무 사이
석양이 나를 향해 저물어 왔다
별빛 한 점의 빛남을 얻기 위해
낮은 곳에서부터 제 몸을 지우는 세상
어둑해지도록 너 어디 있니,
행방불명의 생에게
썼다 지우고 썼다 지우는 편지
행간에서 눈이 감겨온다
눈을 감는 것은 두려운 일

평생을 부릅뜨고 서성여
충혈된 생애

세탁소에서의 조언

당신,
너무 빡빡하게 살았나 봐
이 미어져 나오는 살 좀 봐
이고 지고 갈 것도 아닌데
숨겨둔 품 좀 내서 늘려 봐

그 너절한 바짓단은 잘라버려
발밑의 젖은 먼지 쓸고 다닌다고
당신 생의 남루한 잔해 다 훔쳐지진 않아
자신감 결여의 명백한 증거인
쟁쟁대는 잔소리 같은 리본과 프릴
벌리면 탄식이 한 바가지는 털릴
깊은 호주머닌 아예 떼어내
생각도 깊으면 올라오기 힘들어

조르지오 아르마니 마니아인
럭셔리한 당신
살비듬 묻혀 벗어던진 생은

명품 매장 쇼윈도에 진열된 거나
뒷골목 할인매장 몇 년 재고나
옷 주인이 지고 가는 생의 무게만큼씩
구겨지고 후줄근해져
추레하긴 거기서 거기야

이젠 잘라낼 데도 덧댈 데도 없는
날깃날깃한 생은 가벼워야 제 격이지
덧대봤자 가차 없는 벼랑인데
뛰어내리시려구? 잠깐!
새 술은 새 부대에
까짓, 큰 맘 먹고
새 옷 한 벌 장만해 봐

부엌의 사색

오지그릇 속에선 찌개 끓는 심사 복잡하고
명란젓은 흰 접시가 명태 뱃속이길 바라나 보네
접시는 갑갑한 유약 벗고 타는 불 속 되걸어 나가고 싶어 하니
얼려두었던 그리운 것들 주섬주섬 꺼내네

얼음벽에 끼여 완강해졌으나 알아볼 수 있는
푸른 강회 찍어 먹던 시린 달빛이 한 종지
쓴 나물 고명 뿌리고 남은 잔별이 한 줌
먹성 좋은 두툼한 관성 누린내 잡고 남은 안개가 한 소반
뜨거운 이마 훌훌 불고 남은 바람이 한 망태기
맑은 국물 심심해 다져 넣고 남은 새소리가 한 소절이네

온밤 내 잠 못 들고 서성이던 서정
아침 상 머리 혀와 함께 씹히던 아린 생강의 시간 사라질 동안
오래 마비된 호박오가리 물 부어두고 몸 풀기 기다릴 동안

늑은 조에서 조만한 벌레들 굼실굼실 볕을 향해 기어 나올 동안
짐승의 말은 피 흘리고
나무의 말은 물 흘리고
바람과 햇빛의 말은 첩첩한 안개 속곳 여미며 깨어나네

오랜 그리움 해감에 넘어 나오는 것들 훔치느라
코 밑 꺼매진 행주 그렁그렁한 눈물 닦아주며
몽당연필 같은 여생 빈 볼펜 자루에 끼워
조심조심 뾰족이 다듬고 있다네

환(環)

다 앞 차를 박았다, 생때 같은 어깨들
긁힌 생 보상하라 줄줄이 나서는데
변명을 불허하는 생, 찍
소리 못하고 다 물어줬

다 이번엔 박혔다, 뻐근한 뒷목 잡고 찾아가는
척추통증병원, 들이박히지 않으면
노골노골해질 겨를 없는 생
죽음을 담보로 든 적금 조금 헐었

다 부주의한 생, 또 박았다
뒤 범퍼가 내 주먹만큼 꺼진 앞 차 주인
범퍼를 손바닥으로 문지른다, 예기치 않게
관대한 생, 그냥 가라 한

다 또 들이박혀 입 딱, 벌어지는
트렁크 몇 번 닫았다 열어본다
열리고 닫히는, 충분히 충분한 생

그냥 가라 했

손을 들여다보다

엄지손가락을 삐끗했다
네 개의 성한 손가락이 멀쩡히 달려 있지만
감자 한 알을 깎지 못한다
당신 최고라 추어줄 수도
갈증 난 물병 마개, 발등에 불 떨어진 자동차 문 여는 것까지
대관절 제대로 되는 일이 없다

세상의 일들이란
움켜쥐었다 놓는 사이에서 완성된다, 움켜쥐는 법은
태중에서 이미 배워 세상에 왔다
신생아의 악력은 그래서
제가 움켜쥔 것에 매달려
때로 자신을 들어올리기까지 하지만
손이 펴지면 빈손의 공포에 소스라치며
놓는 법을 배운다

손이 생각보다 빨리 낫지 않아

자주 들여다보게 된다, 언젠가 할머니는
당신 손이 할 수 없는 일은 하늘님 몫이라 하셨다
목화를 따면서
무논에 모를 심으면서
가마솥에 추어탕을 설설 끓이면서

사무치도록 움켜쥐고 싶어도
흘려보내야 하는 것이 있음을
할머니가 흘려보낸 그리움의 깊이를 몰랐던 나는 어렸고
옷도 밥도 미꾸라지도
슬슬 문질러 배앓이 잠재우던
그 약손에서 나는 것이라 믿었다

손에 힘주지 말라고 의사는 충고한다, 손은
당최 말을 안 듣는다, 말 안 들어서
억지로 붙들려 매이는 것 내 손뿐이겠나
부목붕대에 한 손이 결박되고 나니
말 그대로 반편 된 것 같다

오므려지지 않는 손바닥에서 미끄러져 달아나는 것들 하늘님 몫이라는
힘주지 않고 되는 일은 힘 빼는 일 뿐이라는
이 선량한 지혜에 먼 길 돌아서나마 이르게 된 것은
엄지손가락을 삐끗했기 때문이다

오만

하이칼라 양장에 꽃무늬 양산, 먼 허공
15도 올려다보는 흑백사진 속 어머니
철들 때까지 남정임*인 줄 알았네
자식들 한꺼번에 학교 다닐 때
아버지 입다 버린 구멍 난 난닝구
앞까지 트인 아버지 파자마 입고
떨어지지 않는 연탄, 집게로 잘라내던
탄불에 비친 붉은 얼굴
누군가를 위해 송두리째 자신을 내놓은
당당한 존엄 쓸쓸하게 타오르며
귀기까지 느껴졌다
자식들이 권하면 죽는 시늉도
마다하시지 않을 어머니 입 꼭 다물고
오래 사신 산 중턱 아파트 대신
낮은 곳에 집 얻어 달라 하신단다
머리 허연 동생 주말마다 불려가

* 윤정희, 문희와 함께 1960년대 유명했던 영화배우

멀쩡한 집 두고 집 보러 다니느라 쩔쩔 매다
영문이라도 알고 싶소 채근하니

빤히 쳐다보시다 목소리 착, 깔고
다른 건 몰라도 지팡이는 못 짚는다고
구십 바라보는 노인
평생 한 번 청탁이니 누난 모른 척 하소
안부 문자에 묻어나는 당혹
어머니의 겸손을 지켜온
평생 당신 두 다리로 서 있다 믿어 오신
불시에 내 이마 번쩍, 때리는
참 대단한 어머니의
오만

고구마 순 틔우기

겨울 창가 적적하여 빈 병에 물 받아
뭉툭한 고구마 아랫도리 젖게 담아 두었더니
순 트기까지 한 달
검자주 순 뾰족뾰족 아픈 눈 뜰 때
임신 중독증 트는 살처럼 고구마 몸통 다 갈라지네

보고 있는 순 어찌 더디 자라던지
그만 쏟아버릴까 생각도 했는데
순보다 먼저 자란 연한 발들 안쓰러워
며칠만, 며칠만, 더 두어 보자니
이 개떡 같은 고구마 몸 어디에
저리 많은 고운 눈들 빠끔빠끔
뜨게 하는 사랑 있는지
위에서 아래서 귀퉁이에서
뜻밖에 한꺼번에 열리는 세상

고구마 순 여엿하고 청청히 번을 동안
소버짐 핀 고구마 몸통 이지러져도

저 많은 푸른 잎이 다 가려주니
이제 이 고구마 먹지는 못하리
저리 똘망한 눈 끓는 물에 삶지는 못하리

이 겨울 보내고 나도
씨 고구마 몇 톨 심어보려 하네

붉은 산

내 다섯에는 무엇이든 나를 감싸 줄 것을
내 열둘에는 앉은뱅이책상과 비닐 옷장의 방을
내 스물에는 반 고흐의 별 떨어지는 낮은 침대 다락방을
내 서른에는 줄장미와 바비큐, 흰 야외 식탁을
꿈꾸었는데, 마른하늘에도
천둥 오고 벼락 치던 서른 이후, 힘겨운
좌절 기어이 이루고 면허 따내던 꿈에
그토록 늑장 부린 깨달음에 치 떨었는데
치 떠는 것도 길들이니 제법 반질반질하던 사십
오십에는 티격태격 친구 삼았는데
그 붉은 산 아래 장승 아래 흐르는 개울가
그 인디언 가게 앞 석양 아래 나무 벤치
누가 와도 쓸쓸할 그곳에서 늙으리라
꼭 다짐하는 것도 아닌데
꿈꾸기를 포기하기를 꿈꾸는 자에게 닥칠
느닷없는 은총도 꿈꾸지 않는데
겁 없이 마침표 꾹꾹 찍어 닫던 문마다 찾아가
지우개로 지우고 말줄임표로 열어두어야겠단

생각도 굳이 없는데

붉은 산은 여직 붉고
개울은 여태 흐르는데

각(角)

방이 각 져 있는 건
굽은 허리 때문
식탁이 편편한 건
둥글어서 위험한 접시 탓
베란다의 철제 난간은
달빛에 곰삭은 울화가 쓰다듬고
씩씩대는 모난 돌은
사려 깊은 정(梃)이 보듬는다

각진 것들은 서로
걸기적대며 훼방 놓으며
길 막아서며 옭매이며
때로 부딪치고 자주 긁히지만
그러나 서로 얽혀서
그래서 떨어지지 않고
그러므로 깨지지도 않고

대롱대롱 간신히, 지만

저들끼리 겨드랑에 손 넣어
부축하고 붙들고 버틴다

제 2 부

쌀과 꽃

한국 사람 집에 초대받으면
캘리포니아 무논에서 서부 스타일로 출렁댔을
40파운드짜리 '이천쌀'이나 '경기미' 같은
쌀 한 포대 사 간다
난데없는 쌀 포대 사이에 두고 서로 웃다가도
먹는 일은 우습지 않다
밥 많이 안 해 먹는 집이라면
일 년도 버틸 기특한 양식
수챗구멍에 흘린 쌀 한 톨
홍수에 떠내려가는 자식 건져내듯 건져내던
왕정시대 착한 백성 할머니의 춘궁기가
한 세기를 걸어 부르튼 발로 태평양까지 건너와
아직도 내 안에 당당히
무형문화재처럼 전수되고 있다

미국 사람 집에 초대받으면
할인가 26달러 99센트
내 들지도 못할 무거운 쌀 한 포대

한 줌의 청순 안개꽃, 몇 송이 엘레강스 카네이션
입술 붉은 칸나도 섞어 장미 꽃다발 만들거나
한 손에 들릴 가벼운 서양란 화분과 바꾸기도 한다
후진국 어질어질한 사춘기 어두운 스크린에
아득하게 밝아오던 빈혈 같은 미장센
집 앞 장미 넝쿨 아치 위로
창틀에 내걸린 허영, 제라늄이나 히아신스
색이나 향보다 먼저 들려온 꽃들의 이름이
썩은 양파와 붉은 곰팡이 핀 치즈 조각
질질 흐르는 드레싱, 피 묻은 고기 뼈의 기억과 함께
길어야 일주일이면 쓸려나갈 사람살이 뒤편
시구문 같은 그 풍상을 가려버린 때문이다

쌀 포대는 크고 무겁고
꽃다발은 작고 가볍지만
값은 같다

내 사랑 클레멘타인

내 아는 필라델피아를 흐르는 강은
철자도 외우기 힘든 스큘킬(Schuylkill)강이고
뉴욕의 강은 잘생긴 록 허드슨 때문에 외우기 조금 쉬운
허드슨강이다, 이 너른 대륙에
미시시피강도 있고 포토맥강도 있고
내 이름 모르는 유장유장 장강에
실개천도 많겠지만
모든 미국의 강은
이 세상 정처 없는 나그네 길 유랑하는
날 사랑하는 부모형제 이 몸 기다리는
그리워라 머나먼 저곳 스와니강일 뿐이다
내 겪은 미국의 모든 달밤이
마음 그리워 저 하늘
반짝이는 금물결 은물결 처량한
한결같은 콜로라도의 달 밝은 밤이듯
즐거운 곳에서는 날 오라 하여도
내 쉴 곳은 작은 집 내 집
넓고 넓은 바닷가 오막살이 한 채이듯

내 아는 나는
늙은 아비 홀로 두고 영영 어디로 가버린
내 사랑아 내 사랑아
나의 사랑 클레멘타인
이듯

무고(無故)

모두 살아 있구나 반가운 얼굴들
그러나 여기는 장의사
맞잡은 손에 꾸욱, 힘주는 것으로
웃음을 대신한다, 기껏해야
서울 인구 십 분의 일밖에 안 되는 이 도시
어느 구멍에 모두 그리 꼭꼭 숨어 있었던지
부고 듣고 용케도 모인
안개 자욱한 저녁의 접견례*
오래 아팠다더니 화장 두껍게 하고
일 년에 몇 번 안 입던 양복 입고 누운 망자
고쳐주지 않을 거면 빨리 데려나 가시라고
선종했을 땐 정말 감사합니다, 기도했다고
'나의 생은 미친 듯이 사랑을 찾아 헤매었으나
단 한 번도 스스로를 사랑하지 않았노라'*
망자의 친구는 기형도를 읊으며 읖읖 울고

* viewing이라는 접견례
* 기형도, 「질투는 나의 힘」 마지막 2연

한국어 모르는 서양 며느리도 흐느끼고
환갑도 못 지난 절통한 죽음에
미국 장의사에서 내 귀에 꽃 핀 한국시(詩)의 효용에
부릅뜬 내 비강도 뜨끈해져 온다
아프단 소리 듣고도 결국
건널 수 없는 강 사이에 두고 얼굴 마주한 망자가
무고한 우리 알지 못하는 강 건너 세상 상견례
무고히 잘 치르기를
아직은 열린 관 앞에서
망자가 보증하는 산 자의
산 자가 기원하는 망자의
무고

희망

지인에게 시집을 보냈는데
턱 빠진 봉투만 돌아왔다
내 시집이 이 너른 미국 땅 어딘가에서
홈리스 되어 헤맬지 모르겠단 생각 가장 싫다

다행히 한국 사람이 줍기라도 했다면
'나 보기가 역겨워 가실 때에는
죽어도 아니 눈물 흘리오리다'
를 기대하고 폈다가 첫 작품에서부터
'시집인가 본디 먼 소리 하는 거여 시방'
던져버렸다 해도
일별은 했을 테지, 뜨거운 김치찌개 부글대는
냄비받침으로라도 쓸 테지 싶다가도
미국 인구 중 0.6%라는 한국 사람 생각하면
심하게 야무진 내 희망
그렇다고 이게 뭘까, 어느 나라 글일까
호기심 많은 서양 사람 손에 들어가지도 않은 것 같고
그저 우편물 처리함에서 옮겨질 때

누군가의 발아래 툭, 떨어졌다가
하고 많은 분실물과 함께 가차 없이
처치됐을 테다

산고니 고뇌니 정서니 탄생이니
시집 한 권 분실됐다고
그딴 20세기 추상명사들 얼차려 시킬 내가 아닌데
세월 좀 흘렀나, 실종된 시집의 기억 사라질 때까지
떨려나간 즉시 종이 파쇄기에 들어갔다
누군가의 산고, 누군가의 고뇌, 누군가의 정서, 무언가의
탄생
그딴 20세기 추상명사들 모여 찧고 까부는 오두방정 담아
내는
재활용 종이나 되었기를
희망한다

끌고 간다

요절한 친구를 묻던 날은
'닥터 지바고'에서처럼 눈이
펑펑 쏟아졌다
한국서 연탄 리어카 끌었던 것이
어린 맘에 너무 창피했었다고
그제야 담담히 말할 수 있던
생의 반전 무렵
청상과부 된 친구의 아내는
돌도 안 지난 아이를 안고 시어머니와 싸웠다
우리는 집으로 돌아가고 싶었지만
남편 묻고 시어머니와 싸우는
친구의 젊은 아내를 두고 갈 수 없었다
친구와 똑같이 생긴 친구의 형은
여자 하나 잘못 들어와 집안이 이 풍비박산이라고
미국서 공부한 사람 같지 않게 말하고
연탄 리어카는 안 끌었어, 내 귀에 대고 속삭이던
연탄이 부끄러운지, 리어카가 부끄러운지
친구 어머니의 핏기 없는 항변에

얼굴 새파랗게 질린
유치원도 안 들어간 친구의 딸내미가
어리둥절 취토할 때도 참았던 울음을 나는
차 멀미처럼 기어이 토하고 말았다
눈은 끝도 없이 내렸고
친구 관 위에 두고 온 흰 국화는 밤새
얼어붙은 흙더미 속에서 꽁꽁 얼어갔을 것이다
우리는 모두 무언가를 끌고 간다
여기까지 끌고 온 것에 대해
지금 끌고 가는 것에 대해
앞으로 끌고 가야 할 것에 대해
뒤에서 저를 주저앉히려 한 것에 대해
담담하게 말할 수 있는 반전의 때가
생의 마감을 알리는 신호라면
치욕도 상처도 내려놓음 없이
헐떡이며 마냥 끌고 가야 하는 것일까
저 헐떡이며 쉼 없이 내리는 눈발처럼

거기

양식당에선 구운 감자, 수프, 샐러드 순으로 먹는다
내 식단의 기본 플롯은 밥(감자), 국(수프), 김치(샐러드)이기 때문이다
서양 사람들처럼 따로따로 안 먹고 꼭 한 입에 넣고 씹어 먹는다
그래야 밥 먹은 것 같고 그 똥심으로 그날 산다
웨이트리스는 내가 먼저 나온 샐러드를 싫어하는 줄 알고 자꾸 접시를 치울까 묻는다

다리가 많은 브릿지포트*에는 스큘킬*강이 흐른다
브릿지포트를 지날 때마다 나는 청도천*에 얹힌 다리를 지나는 것이다
조지 워싱턴이 조각배 타고 자유의 종 울던 마켓 거리*로 간 강이 아니라

* 브릿지포트-미국 필라델피아 근교 타운
* 스큘킬강-필라델피아의 강
* 청도천-경북 청도에서 밀양에 이르는 강
* 마켓 거리-필라델피아 다운타운 거리 이름

밀양 사는 김종직 문하에 들러 가는 길에
젊어 더운 김일손이 말 묶어놓고 하인들과 천렵했을 강이다

내 사는 필라델피아는 대구, 가끔 가는 뉴욕은 서울, 맨해튼은 명동, 바다가 보이는 시애틀은 부산, 워싱턴디씨 한국대사관은 청와대, 32가 역*은 서울역, 한국 책 파는 곳은 종로서적, 필라델피아 주교좌성당은 계산성당*, 성무일도를 외는 뉴저지 수도원의 새벽은 푸른 안개에 쌓인 직지사…

동대문 시장에서 떼 와 이문 엄청 붙여 파는 한국 시장 옷이 편해진 것은 최근이다
머릿속뿐만 아니라 엄마 닮아가는 몸도 알아차리기 시작했다
한 치도 앞으로 나아가지 못했다는 걸

* 32가 역-뉴욕 맨해튼 32가의 기차역 펜 스테이션
* 계산성당-천주교 대구대교구 계산주교좌대성당

원심(圓心)에 묶인 실이 조금 더 풀렸던 것뿐이라는 걸

거기서 펴 오지 않으면
손수건 한 장도 적시지 못한다

( ) 년

발을 넣어본다
질긴 가죽이 시커먼 가루로 묻어 나오는 세월
30년 전 미국 올 때 신고 온 구두
아버지 돌아가시고 친구 죽고 심지어
그 아들딸들도 죽을 동안
질기게도 살아남은 구두

옷장 안 맨 밑바닥에 있다
아직도 고스란한 청홍의 비단 보자기
그 안의 사주단자도

젖은 몸 닦다 지워져가는 글씨 맞춰 읽어보는
얇아진 타월
'1987년 축 청도군 체육대회'

'통일벼 全量 수매 합의'
'與野 일반벼 5~6백만 섬-收買價는 異見'
세로쓰기 제목의 '西紀 1989年 12月 6日' 자 신문지에 싸인

겉장이 없는 '거대한 뿌리'*

스스로 얼굴 지워가며 원망 다 잊은 흑백사진
저 혼자 삭아 내려 먼지로 돌아가는 깨끼저고리
찔리고 찔려 온몸 그리운 구멍 숭숭한 골무
평생을 써도 반도 못 쓴 실꾸리에 감긴 실

가지고 있다, 보다
버리지 못하고 있다, 가 맞을
굴러다니며 천대받을 것 같으나 가져갈 수 없으니
어느 날 한꺼번에 버려지고 타올라 나와 함께
재로 돌아갈
( ) 년

* 김수영 시선집 『거대한 뿌리』

그리운 돼지코

한국서 사 온 압력밥솥 쉭쉭
기차소리 요란하게 잘도잘도 달리는 건
여기서 쓰는 핸드폰 한국서도 까똑까똑
물갈이도 안 하고 잘만 재잘대는 건
다 그 고마운 돼지코* 덕분이다, 그러나
220볼트와 110볼트가
초면에도 꽉 껴안고 악수 나누는 넉살은
밥솥이나 핸드폰처럼 몸 밖의 것에만
돼지 대가리처럼 관대할 뿐

미국 학교 학부모회 이민 1세대 한국 부모들
물어보고 싶은 말 열심히 영어 문장 만들어
관사 붙이고 시제 맞나 머리 터지게 점검하는
사이
중요한 질문 토론 토씨 하나 못 달아보고
매정하게 결론 다 나 버린다

* 변압기의 속칭

헐거우면 꽉 끼우고 꽉 끼면 대충 쑤셔 넣고
통했다 안 통했다 드갔다 안 드갔다
칠 할 오 푼 소통에 이 할 오 푼은
김치 먹고 몸으로 때우는
고단한 이민 살이
220볼트와 110볼트
사이
대륙의 비바람 모두 불러와 풀어도
마르지 않고 떠내려가지 않고 버티는
덜거덕대는 너, 한줌 그리움에겐
도대체 맞는 돼지코가 없다

이방인

뉴욕 무역센터 무너질 때 모두 뛰어나와
저거 영화지? 그지? 오마이갓, 같이 발 동동 구르고
공화당과 민주당 놓고
최선은 없어, 차악을 뽑는 거지, 같이 성토하고
핵실험했단 데가 니네 나라니? 하면 북쪽이라 고쳐준다
그래 세계는 하나, 아무도 소외되지 않아
큰 것은 멀리 있어도 잘 보이기 때문이다

어떤 식품점에서 폭찹을 파운드당 대거 할인 판매한다
그게 뭐 대수라고 근무시간에
광고지 쥐고 통로에 모여서들 떠들썩하다
돼지고기 서양 요리 레시피 놓고 각자 비법을 나눈다
나도 열무김치 레시피 놓고 침 튀기고 싶은데
소소한 것은 가까이 있어도 잘 보이지 않아
작은 그물에서 나는 언제나 걸린다

동료들이 다 빠져나간 촘촘한 그물 안에
나

혼자 있다

십팔 번

이름만 대면 아는 고녀를 졸업한
그 할머니
처음 만나는 사람에겐 꼭
나는 모모 고녀를 나왔노라 자신을 소개했다
장기자랑이라도 있으면 빠지지 않고
물색 고운 한복 입고 나와
Oh, say can you see
로 시작되는 미국 국가를
반주 없이 영어로 불렀다
할머니 재롱에 우리는
함성을 보내고 박수를 치고 어떤
할아버지는 휘파람까지 불기도 했지만
아시는가, 미국 국가의 마지막 소절
O'er the land of the free~~
끝없이 올라가는 대목에서
깨금발 디딘 할머니 목덜미엔 핏줄이 서고
눈물겨운 삑사리가 났다, 나는 그
고운 할머니가 좀 편한 한국 노래 같은 걸로

레퍼토리를 바꾸셨으면 했지만
돌아가실 때까지 할머니의 긍지였던
십팔 번은
철통 고수되었다

두 개

배낭 하나 메고
쩔쩔 매며 올랐던 표충사 재약산
산 속에서도 조개껍질 묶어 그녀의 목에 걸고
더 이상은 생각나지 않는 그 노래
불렀지, 한 번 등산에 배낭 하나는
막걸리 한 되에 김치 한 사발처럼
기본일 줄 알았는데
강남옥과 줄리아 강, 한국어와 영어
송편과 칠면조, 119와 911, 언 몸 풀려고
뜨신 국물로 달래는 속과 핫 샤워로 덥히는 겉
한 번 살다 갈 건데
집 나선 고생에 굴러온 돌 신세까지
내겐 배낭이 두 개
하산해버릴까, 웬 한숨이냐 묻는 미국인 동료
너보다 배낭이 하나 더 많아서, 같은
선문답 따윈 안 한다
씨익, 겉으로 웃고
오냐, 속으로 달랜다

정상에 오르면 누가 더 시원할지
하산해 집에 가면 뉘 잠이 더 달지

악센트

9달러 99센트짜리 물건 값을
베트남에 원적 둔 처녀는 낭낭낭, 이라 외치고
미국 남부 토박이 아저씨는 난난난, 이라 깔고
끝까지 한국 사람 나는 나인나인티나인,
이삭까지 훑어 주워 담는다
그거 너무 비싸게 받았다고
유르 차르지드 포르 미르 투르 마르치!
(You charged for me too much!)
고함 지르는 동구라파 여자의 어디에
돌돌 감겨 있다 풀려나오는 겐지
참 끈질기게도 따라붙는
'ㄹ'
우리를 우리이게 하지만 때로
숨고 싶은 너를 드러나게 하는
기어이 터지고야 마는 재채기 같은
수습할 겨를 없는 딸꾹질 같은
걷어내고 싶은 성가신 실밥 같은
감출 수 없는 새치 같은

떨려나지 않는 거미줄 같은
말과 말 사이
본토와 이방 사이
너와 나 사이
밀물과 썰물 사이
나타났다 사라졌다
그러나 거기 엄연히 존재하는
사람이 사는
섬 같은

벙어리 삼룡

동네마다 이름은 다르지만
벙어리 '삼룡' 꼭 있던 내 살던 곳
한 우물 마시던 벙어리 아제
선산 지키던 그에게 명절이면
고무신과 양초와 정종을 사 보내신 엄마
한 해 추석엔 그 집을 직접 다녀오신 후
마루 끝에 한참을 앉아계셨다

… 얼라도 얼라도 우짜마 글키 잘생겼겠노, 머시마 좋더라, 몬 살아서 버부리한테 시집왔지만 그 안들 손끝 야물고 입도 춧농 붙인드키 야문 진국이라, 그노무 승질만 쫌 죽이고 살마 그 잘난 아들이 버부리 세월 갚아줄 날도 있을 낀데, 화상이 술로 쳐묵고 마누래를 팬다 카네…

노을 벗어지도록 늦은 낮잠 주무셨다

지금 내 사는 동네
켁켁대는 독일계 반벙어리

꽁냥대는 베트남계 반벙어리
롤롤대는 러시아계 반벙어리
저것도 말이라고 하는가 싶은
어디에 원적 두고 왔는지 모를 반벙어리들
국국대는 한국계 반벙어리
나도 그중 하난데

존경하올 잉글리시 거룩한 밥
어버버버 벌어먹고 살다가
다 패대기쳐버리고 싶은 날
지게 짐 대신 어린 나 올리고
호시* 태워주던 벙어리 아제 생각났다
그 잘난 아들이 버부리 세월은 갚아주었는지
여기 잘난 2세들은 반벙어리 부모들 세월
얼마나 갚아가고 있는지

* (그네, 가마, 마차 따위의) 움직이는 것을 태워 즐겁게 해주다.

혼자 중얼대다
노을 덮고 이른 초저녁잠에 빠져든다

자장가

미국서 태어났어도
탯줄이 한국에 붙어 있던 아이에게
자장가의 으뜸은

자장자장 자장자장
우리애기 잘도잔다
금자동아 은자동아
자장자장 자장자장

아이는 금세 잠들곤 했다

잘 자라 내 아기 내 귀여운 아기,
는 음악 시간에나 배운 서양 노래
주기도문을 외워야 하는 어린 딸을 위해
잠결에 실어주려 한국 자장가 운율에
아워 파더 후 알트 인 헤븐
할로우 비 다이 네임 다이 킹덤 캄…
영어로 된 주기도문 아무리 담아보려 해도

핀이 열려 젖가슴 찔러대는 브로치처럼
어디로 튈지 모르는 럭비공처럼
종잡을 수 없게 나뒹구는 선잠
워츄두잉 맘?
가지런해가던 숨 뚝, 뚝, 끊으며

아이는 뒤척이며 돌아눕곤 했다

결근

내 것 내가 쓰는데도
휴가 내고 결근하는 날은
사지육신 멀쩡한 인간이, 라는 소리
이명처럼 종일 울린다, 옆자리 미국인 동료는
사람 아닌 개가 아파도 당당히 휴가 내는데
큰물 지면 동네에서 적어도
한 사람은 떠내려가 줘야 제대로 된 큰물이던
죽더라도 학교를 가다 죽어야 착한 학생이던
나는 공산당이 싫어요! 입 찢겨 죽은 이승복 군처럼
목숨보다 더 소중한 가르침의 원형은
여태 내게 남아 거치적거린다
끙끙 앓으며 일하는 나를 코쟁이 동료들은
바이러스 퍼뜨리는 위험천만한 중증의
눈 째진 워커홀릭으로 여기는 것 같다
견딜 수 없을 때까지 일하다 집에 가서 쓰러지는
남의 돈 먹는 사람 최선의 미덕
실천해야 한다는 굳센 믿음 때문인가, 아니다
내 비루한 혈관 따라 콸콸 흐르는

놀고먹고 싶은 열망의 음성 종양
누전이라도 될까 노심초사 일하다 에랏!
그 둑에 구멍이라도 내보려 궁리할 땐 어김없이
너 열심히 살고 있니?
인간아, 가슴에 손을 얹고 물어봐라
고요한 중에 흘겨오는 족집게 눈
무섭다, 그 앞에 읍소해
인중 다 헐도록 코 풀어가며
이 기특한 학생 좀 봐 달라는 시위
이 알량한 자백도
은밀한 게으름에의 열망 성실이란 소인으로 봉인해
알리바이 딱, 딱, 맞아떨어질 사초처럼
기록으로 남기겠다는 음흉한 의도
맞다

화상 통화

니들 이리 와서 큰 고모님한테 인사해라
군복 입은 놈 히벌쭉 안녕하세, 사라진 뒤 요? 들리고
고모 안뇽, 저? 휴학 중, 이때 아니면 못 놀 것 같아서용
브이(V) 자 손가락 안에 눈 가두고 사라지고
긴 머리 거꾸로 처박았다 활딱 제치며 사라지고
고모 짜잔, 팔다리 쩍 벌리는가 싶더니 사라진다
그런데 그 옆
안 그래도 희뜩 퍼뜩 사라지는 애들 반쯤 가리며
통화 끝날 때까지 비스듬히 떠서 나를 자세히
아주 아주 자세히 들여다보는 엄마 얼굴
아따 엄마는 하나도 안 늙으싰구마이 염색 안 하니 더 고상하시네이
오이야 내 안 늙었다 운동하제? 니는 얼굴이 와 그래 크노?
감기기 있어서 부었다 안 합니까
저번에 보이 누부야 운동 안 합디더
그라마 안 대! 약 묵는 셈 치고 무조건 걸어 댕기이
모다 체육관 하는 사람덜거치 멀 그래쌓노 진인사대천명

이그마

그래도 운동은 시간 내서 꼭 해야 한다이 인자 고마 끈차
전화비 든다

어머님 그 전화 공짜예요 걱정 마시고 말씀 나누셔요

공짜가 어딨노? 고만 드가거라 운동은 꼭 해야 대 악아 이
거 우째 끄노?

그때까지 엄마 얼굴 그 자리 그 각도 한 치도 안 변하고
그 빤한 눈 내 땀구멍 하나하나 다 들쳐보겠다는 듯

기내 풍경

한국 나들이 땐 최대한 편한 복장
사람이 차 기다리지 차가 사람 안 기다린다
우리 카랑카랑한 할매,
그른 데 하나 없는 말씀의 유산
집에서 탑승까지 남들 두 배 다섯 시간
논스톱 비행기 인천까지 열네 시간

울던 아이 잠들고 책 보던 기내 조명 꺼지고
영화 혼자 책받침만 한 화면에서 소리 없이 길길
뛰고 있다, 난 채식주의자라구요
내 동포 스튜어디스를 하녀 부리듯
한 대 쥐어박고 싶던 주근깨투성이 금발
엎질러진 고깃국처럼 내 무릎에 엎어져 있다
이노무 머리끄뎅이 고만, 확! 마침 그때
우리 할배 육이오 꼭 '융니오'라 하셨는데
'눈녹'을 떠난 비행기 인천에 다 와 가노라
유창한 영어론 뉴요-r-크
한국어론 어김없이 '눈녹'이라 우기는

뛰어 쳐들어가 악수 청하고 싶은
오 예 '눈녹', 경상도 억양 저 깜찍한 기장 아제 반가워
너 이노무 기집애 봐준다, 육중한 금발
조심조심 모아 이사시키고
화장실 앞 늘어선 줄은 십린데 혼자 온천탕 들었댔나
단장하고 나오는 저 중동 남자 불알 다 퍼졌겠다
이쯤서 깨닫는다, 프라다 킬힐에 와우룩츠 쫄바지에
구찌 선글라스 구불구불 긴 머리 위에 올리고
'눈녹' 공항 남자들 가재 눈에 게걸음 걸리던 한국 여자
흑발에 반쯤 덮인 입 벌린 채 자고 있는데
고무줄 바지에 운동화, 푸르죽죽한 맨 얼굴의 용감한 나는
교자상만 한 화장실에서 이 닦고 눈썹 그리고
파운데이션 슥슥 굳이 은때는* 것은
쫄바지 그 여자는 제집에 다 왔고
고무줄 바지 나는 손님 되어 가는 중이기 때문

* 은때다: 문지르다

손거울 꺼내 꽃분홍 입술 연지 바르고
화장 마친 젊은 엄마처럼 싸악,
화룡점정, 꼭 한 번 웃어볼 일만 남았다

심란한 편지

나와는 같은 문 드나들어
초등학교 동문인 내 할아버지, 그때 배운 일본어
해방 무렵 일본으로 돈 벌러 간 사람들
일본어 하는 자식들이 대신 써서 보낸 편지
깡소주에 생마늘 놓고 앉아 읽어주셨다
사람들은 하나같이 죄 지은 듯
세상 근심에 고개 숙이고 앉아 들었기로
어른이 된다는, 산다는 것은 심란한 것
그때 이미 다 깨쳤다
월곡 큰 아부님 돌아가싯다 써 주이소
사거점 작은 아부님 큰 아들 논 샀다 써 주이소
그때 벌써 손 떨려 필체 삐뚤빼뚤 하던 할아버지가
일본어로 써준 답장
신주 모시듯 품에 넣고 돌아가던 사람들
일정 때 세로쓰기로
습자지 위에 쓴 할아버지의 자기소개서 읽으며
깡소주 생마늘 인생에도 왕년이 있었음을 알았다, 나
도 쓴다, 한국학교 학습지도안도 쓰고 기획안도 쓰고

궁색 못 면하는 영어로도 때로 써야 하는 글
딸내미 조언 제치고 한국식으로 득득 우기다
오냐 그래 미국 년이 영어 하는 것 진실로 유세로다
영어로 욕은 잘도 하두만 엄마 영어 그거였수
관둬라 관둬요 분란 끝 찬 달밤에 문 열어놓고
직계 유가족도 통번역 안 될 내 심란한 삶의 기록
시   .
쓰면 뭐 하나
베란다 달빛에 한참 업혀 있다 들어와
커서 멈춘 자리에서 몇 쪽이고 좌르륵 좌르륵
눈 감고 Delete 키 누른 채 숨 안 쉴 때 더러 있다

어느 이른 봄 하루

중늙어 입사한 미국 직장 연수 낮아
봄눈 와 모두 휴가 내 바쁜 날
혼자 일했다
실수가 있었고 바로 처리했다
계란말이와 김과 밥으로 점심 먹고
눈 펑펑 맞으며 차를 닦았다
재택근무 중인 어린 백인 상사는
실수의 진원지 거래처는 눈 더미에 파묻고
수습된 여진 같은 내 실수 찾느라
쌓인 눈 끈질기게 뒤적였다, 점잖은 한국말
개새끼!
듣는 사람 없는 너른 사무실이 껴안아 주네
억울하면 진다
감청되고 있을 전화 명랑하게 받고
처져가는 오후 어깨 두드려주고
퇴근 때 다시 차를 닦았다
오전보다 더 많이 쌓인 눈
밤이 되어도 그치지 않는다

푸석한 봄눈도 종일 쌓이니
실한 장딴지 같은 나무들
고개도 못 들고 앓는 소리도 못 내고
사람이라면 반쯤 죽었다 하겠는데
뒷목 못 드는 가지들 내리누르는 눈 더미
뚝, 뚝,
떨어뜨려 주는
눈 폭풍 온 영하의 몹쓸 밤바람도
쓰일 데가 있구나
출러덩 출러덩
아무 일 없었던 듯 고개 드는 가지들
베란다 유리문에 팔짱 끼고 선 내가
아주 잘 비치는 밤 깊어간다

말이여 된장이여

요새 누가 이런 걸, 혀 차다 말고
나이 들어가는 마누라 무서워 들고 왔다고
출장길 수트케이스 안 동생이 챙겨 온
그보다 더 꽁꽁은 세상에 없을 작은 가방
'악아, 인자 된장 사 묵어야 되겠다, 이기이 니한테 주는 마지막 된장일끼다'
엄마 말투 흉내 내며 같이 웃는다

엄마 된장 떨어지면 엄마랑 갑장인 대구 할매
한국서 공수해 온 콩과 천일염 씨름한 비싼 된장 사 먹는다
방정맞은 말, 씨 될까 언제 은퇴하실 건가 물으니
'마! 내 죽고 나마 오데서 덴장 사 묵으꼬 걱정된다 캐도 개얀타!'
호방하시다, 들킨 본심 가리려 간 딱 좋다 둘러대니
'그러시 절라도 사람하고 겡상도 사람은 내 덴장 간이 딱, 맞다 카는데 맛도 모리는 서울래기들이 짭다고 지랄로 해쌓는다!'

같이 밥 먹는 서울래기들한테 미안해 내 고개 못 들겠다

본토 떠나면
가장 먼저 사라지는 게 말이고
가장 오래 살아남는 게 음식이라 한다
애들한테 한국말 가르친다고 가르치는데
가방 나무 다리 리본 마늘 바지 사과…
용쓰는 받아쓰기보다
보글보글 끓는 된장찌개 한 뚝배기 먼저가 순서일까
대구 할매 돌아가시면 어디서 된장 사 먹을까 나처럼
선생님 은퇴하시면 한글 어찌 배울까 애들 걱정도
몸집처럼 훌쩍 자라주면 좋겠는데

엄마 콩 불리듯 기다려줬나
엄마 메주 띄우듯 참아줬나
엄마 장독 지키듯 곁 지켜줬나
된장에 풋고추 박히듯
애들 속에 주질러 앉아만 있었더나

말도 입으로 하고 된장도 입으로 먹는데
된장은 드는 것이고 말은 나는 거라 그런 거라고

그게 시방 말이여 된장이여

추수감사절

멥쌀 씻어 불리듯 추수감사절 사흘 전
수줍은 알몸 공손히 두 손 모아
사타구니 가리고 누운 꽁꽁 언 중간사이즈
칠면조 한 마리 장만해 트렁크에 넣고 다녔다
푸근한 날 이틀이면 놈도 느슨히
내 잡아묵소 괜찮소 노골노골 경계 푼다
온 대륙이 칠면조 굽고 하이웨이 달리고
새로 나온 레시피에 굿모닝을 마셔도
우정 빚던 송편 다듬던 나물 반찬처럼
메이드 인 유에스에이 애들 섭섭할까 구워
식탁 중간에 모셔놓던
상징
육고기 즐기는 사람들은 한국 집에서도
그 퍽퍽한 황구만 한 칠면조
몇 마리씩 굽는 집 있다지만
먹어주는 척이라도 해본다고
입맛 정조 버렸다 탓할 것도 아닌 세월
자다 일어나 출출해 썰어놓은 칠면조 꺼내

그레이비 소스 덮고 폭신한 매시트 포테이토 깔고
목요일부터 일요일까지 느끈히 쉬는
‘묵고 자고’ ‘묵고 자고’가 최고인 연휴
깨끗이 철거된 빌딩처럼
칠면조 완강한 골조만 남긴 작년
엄마, 터키(칠면조) 남은 것 벌써 다 버렸어?
내가 다 묵었다, 와? 묵고 접나?
새끼 몫까지 먹어치운 함량 미달 에미
삼양라면 하나 끓여 총각김치 놓고
후루룩 우두둑 관대한 딸내미
메이플라워호 대신 대한항공 타고
태평양 건너온 지 삼십 년 만의
나도 모르게 이루어진 까탈스런 수락

정체

나는
저 부드럽고 향기로운 빵과 우아하게
각혈하는 미디움 웰던 스테이크와
격조 있는 자줏빛 와인을
끼니라 왜곡하지 않는다

누군가의 향기가 내게는
들큰하게 부대끼는 포만이고
누군가의 격조가 내게는
뜬 분처럼 천박한 허영일 수 있음을
굳이 숨기지 않는다

첫 참깨 털어 볶아 햅쌀밥과 꼭꼭 씹어
입에 넣어주시던 할머니
김치라 생각했는데
밥이다
김치보다 밥을 먼저 맛보았기 때문에
김치보다 센 밥 텃세를 인정하는

면식 깊은 끼니에 대한 의리

이밥 한 공기, 흰 빵 한 조각이면
깨끗이 들통 나는
간명한 내 정체

제 3 부

홑것의 내력

지(저)한테 모시자리 삼베자리 몇 개 있어예, 지 나던 해 외할매가 딸내미 시집갈 때 주라고 엄마한테 준 거라 카이 참 구신 같은 물건이지예, 지는 작년 다르고 올해 다른데 하루, 이틀도 아니고 일, 이 년도 아닌 세월에 이것들은 갈수록 은은해지네예

아직 꼭꼭 밟아 풀 멕입니더, 옛날 엄마가 지한테 시키던 대로 딸내미한테 베 끝자락 잡고 당기라 카마, 오롯이 부푼 엄마 젖만 빨고 자란 지가 당기는 대로 씨밀락이니 이유식이니 벨 것 다 멕여 키운 딸 이리 휘청 저리 휘청, 등신 같은 짓 와 사서 하냐고 종일 시끄럽십니더

오뉴월 삼밭의 향기, 밑동에 뜨겁게 닿던 낫 날, 삼 찌기를 견뎌낸 꺼무꺼무한 혼절, 삼과 더불어 손톱과 무릎까지 짜개지던, 호롱불 아래 삼 대(代)를 넘어 버티도록 촘촘히 비끄러매던 그 새벽 여명, 고통은 인내를 낳고 인내는 시련을 이겨내는 끈기를 낳고 끈기는 희망을 낳는다는, 저 에누리 없는 경전을 살아내느라 베틀의 자세에 순종해 허리 꼬부라진

낮은 생애…

설명할 길 없어 마 그냥 웃어예, 솔기에 시침질된 삼실도 골다공증을 앓는지, 이제 홑것들과 하나 돼버린 모양입니더, 다듬이에 놓고 오지게 때려가매 관리했다면 더 은은하고 빠닥빠닥했을 낀데, 누구나 한 번쯤 스스로에겐 가혹할지언정 빠닥빠닥한 삶을 흠모할 때 안 있습니꺼, 우정 지를 닦달하는 한 가지를 감당하는 그것, 형용할 수 없는 긍지의 허영이 된다는 비밀을 지도 알아가는 중입니더

물색 고운 뽕부라 같은 이불 풀기 떨어지면 수도 없이 갈아치우며 살았지예, 지 터럭과 상관없는 대량생산소비 컨베이어 벨트에 손만 뻗으면 쉬 다시 건질 수 있잖아예, 삼실에서 차용한 듯, 가령, 핍박받을수록 강인해지는, 따위, 이 더운 날 주저 없이 발설되는 인간들의 포장지 보마 참 싸다, 진짜 나이롱뽕이다 싶습니더

선생님께 특별한 무엇이 선생님을 떠나 후줄근한 범속도

못 되게 버려지는 거 참을 수 있어예? 이 홑것들 덕에 지는 제법 꼿꼿하게 올여름 복(伏)을 나고 있습니더, 평균연령이 동지 지나 십리는 길어진 해만큼 늘어났다 해도 그날을 우째 알겠습니껴, 다 돼 간다 싶으면 이 홑것들 지한테 바쳐지는 순장품 목록에 넣어 달라 담담히 유서 쓰는 한 밤을 가질까 생각 중입니더

늙은 소

그때 할배 남의 집에 소 빌려줄 때면
절마는 여물을 뜸이 물씬 들도록 푹~ 고아야 잘 묵고
늙은 호박 있나? 좀 썰어 넣어주면 잘 묵니라
보소 늙은 소가 마이 묵는 법이시, 너무 부리지 말고,
신신당부하셨다

그 늙은 소는 어째 인간의 말을 아는지
할배가 솔로 등 긁어 벌레 쓸어내며
시어언 하제? 하면 큰 눈 끔쩍이며 시원하다 대답했고
앉으라 하면 앉고 서라 하면 서고
워~ 워~ 하면 갔다

내사 뭐 소처럼 일하진 않았지만
젊은 날보다 두 배는 먹지 싶다
그런데 어째 골육의 눈물은 몰랐던지
우리 엄마 밤낮 워~ 워~ 우셔도 못 알아듣고
나 홀로 원하는 길 들어 여기까지 왔다

자서전이라도 쓴다면 그 늙은 소를 인생이라 쓰고
젊은 때의 나를 축생이라 써야 하는 건 아닌지
모르겠다

보따리

그때 십리 밖 옛집 할매 혼자 사실 때
버스 타고 멀미하며 가면 할매는
돌아올 때 늘 보따리에 푸성귀를 싸주셨다
그 보따리 너무 싫어 입 퉁퉁 부어 들고 왔다
푸성귀 맛을 몰라 그랬다

천리만리 비행기 타고 미국 와 살면서
그노무 뱅기를 또 우째 탈꼬 걱정하며
세 시간이나 시차 나는 서부 다녀와
구두 벗고 브라자 벗으니 휴! 이제 살겠네
빈 트렁크 수납장에 낑낑 쑤셔 올리며
보따리가 최고제, 이노무 가방은
자리만 차지한다 싶던 늦게 철든 봄

베란다에 화분 놓고
깨끗한 물 골라 푸성귀 키운다
싸서 어디 좀 보내고 싶어도
보낼 곳도 없는 단출한 저녁

화분에서 딴 고추와 들깻잎
푸져본들 얼마나 푸질까만
돌아갈 수 없는 옛집
채마밭과 할매와 푸성귀
내게 구박받은 보따리, 미안함까지 업쳐
푸성귀 쌈에도 꾸엑꾸엑
목이 멘다

독사의 자식

그때 누가 뭘 잃어버려서
또 다른 누가 어떤 아이를 지목했다, 지지리도 못사는
딸 많은 집 구박덩이 아니었겠나, 그 아이
운동장 가 큰 나무 둥치에 등 붙이고 서 있던 쉬는 시간
코나 흘리는 물건들이 뭘 안다고 도둑질을 했기 때문에
심장이 뛰는 왼쪽 가슴을 만져보면 된다고
차례로 한 놈씩 다가가 그 아이
왼쪽 가슴에 손을 얹어보았다
철없는 와중에도 내 심장이 쿵쿵 뛰던 순간, 그 아이 눈을
바로, 보지, 못했다, 우리는, 벌을, 섰고, 입 싼, 선생님, 때문에,
엄마가 그래 갈치더나? 이기 머가 될라 카노!
오지게 매 맞았다
살다가 각중에 그 일 생각나는 날
엄마가 때린 내 종아리에서 피가 철철 흘렀노라
기억은 좀체 조작되지 않고
시인 될라꼬 그랬는갑심더
피식, 빠져나가 보려 해도 왜곡은 쉽지 않다, 차라리

머리 풀어헤치고 가죽옷 입고
메뚜기와 들 꿀만 먹고 살았다는 경전 속의 기인(奇人)
'이 독사의 자식들아!' 휘두르는 지팡이에
근질근질한 머리통 된통 한 방
얻어맞고 졸도하는 편이
쉽겠다

언덕과 사람

그때 개발도상과 저개발 사이에 끼여
반 너머 허물리다 만
서까래 내려앉고 썩은 살점 밑 드러난
으깨진 갈비뼈 같던 흙벽의 앞집
11월이면 춥고 깊고 축축하고 컴컴한
죽은 거대한 동물의 아가리 같은
패인 구들장 안에서 한겨울 나려 찾아오던
초로의 그 남자

만주 독립군이 입다 버린 것 같은 코트 등 뒤에 대고
보소, 자슥들은 없능교? 묻기도 하며
뜨신 국도 퍼다 주고 안 덮는 담요도 갖다 주던 엄마 들으라고
대민봉사 말이 좋네
늑장 철거 빗대어 그 남자 꺼림칙해 하던 내게
그때 할매 가라사대
옥아, 언덕은 내리봐도 사람은 내리보능 기 아이라

미국살이 가파르다 싶을 때
그때 그 남자 앞 뛰어서 지나지나 말걸
대문 쾅! 소리 나게나 닫지 말걸
괜찮다, 그 양반 점잖은 양반이다
소반에 음복 담아 좀 갖다 주라 하신
경황없던 엄마 말씀 들을걸
싶다

저 양반도 어징가이 천한 목숨인갑다
귀한 집 자슥이면 한 해 겨울에 안 얼어죽었겠십니꺼
그러시 개똥밭에 굴러도 이승이 낫다 안 카나
고부간 상 치우며 웅썩웅썩 주고받던 말

생각난다, 내 목숨도
참 가파른 언덕이다

눈물 났다

학교 갔다 왔는데 엄마 집에 없으면
대한사람 대한으로 길이 보전하세~ 길게 빼다 보면
동성로에서 엄마와 마주쳤는데 갈 길 달라 돌아서며
처음 본 아부지 사촌 이도 아제 얼굴에 아부지 얼굴 너무 많이 보여서
가방 메고 학교 가는 내 새끼 뒷모습에
끝장내자 싸우고 옛 앨범처럼 버틸 동안 교복 입고 책가방 든 남편 흑백사진 보며
운전 중 정면으로 부딪쳐 온 새는 어디가고 그 많은 깃털만 우수수 떨어져서
입양인 한국인 제자가 처음 먹어보는 김치 맛있다 해서
샌프란시스코와 시애틀 갔을 때 내가 부산 왔나? 싶다 꿈 깨서
며칠 빵만 먹다 돌아와 얼갈이배추 국 끓여 꼽꼽한 이밥 입에 떠 넣던 그 순간
미국 텔레비전에 나온 평범한 한국 중년 남자가 왜 꼭 내 동생 같나 싶어서
울지마 톤즈 보며 이태석 신부 비석 앞에 엎드린 흑인 애

어깨 벌벌 떨리며 부풀었다 꺼졌다 하고도 한참 동안
　지인 아버님 장례식에서 세상의 온갖 수고 생각해주소서
위령 성가 부르며
　인터넷에서 우연히 도요리에 살고 있다는 최영철 시인 댁
장독대와 담장 보며
　더 있어도 어룽진 창 저쪽의 기억 꽃으로 피워내지 못하는
내 마술 너무 허접해서

　눈물 났다
　비강 뜨끈하게 훅 올라오던 이것들 다 어디 갔나 싶어

황혼에 듣는 부음

그때 촌수도 기억 안 나는
먼 할아버지 부음 듣던 일곱 살
저녁 답 읍내 가는 버스 차창으로
돌에 매달아 던진
탱자나무 향기에 걸린 편지 한 장
어린 내가 주웠었다
가로수 바람 쳐내는 소리
파도치는 소리 같던 황혼이었다

오늘은 이메일로 부음 듣는다
슬그머니 빠져나가던 황혼 아직
서창 아래 주춤대며 끓고 있는 시각
황혼 등짐 져 얼굴 지워진 누군가
내 집 쪽으로 뚜벅뚜벅
걸어온다
그 얼굴 확인하려고
블라인드 내린다

향기

상강(霜降) 소설(小雪) 대한(大寒) 다 보내고도
푸르렀을 때의 자세 그대로 서 있는 대궁
입춘(立春) 오기 전에 치우자고
분질러 뽑는데
그때까지 달려 있던
실핏줄 내 비치는 마른 잎과 씨방
바스락 바스락 허물어져 내리며
찬바람 결에 상기도
들깨 냄새 떠다닌다

슬펐다

남의 가게 일 도우시는 한국 분을
필라델피아 시내로 모셔다드린 적 있다
그분은 시청에서 자동차로
40분쯤 걸리는 곳에 사셨는데
필라델피아에서만 15년 사셨다 했고
15년 만에 시내는 처음 가 본다 하셨다

20년쯤 전의 일이다

귀룽나무 꽃 필 때

봄바람 불면 한 일주일 휴가 내서
삶은 빨래 펄럭펄럭 마르는 자태
창 열어놓고 졸다 말다
한나절 기어이 쳐다봐야겠다

봄볕 아래
베갯잇과 베갯속 메밀 마를 동안
위층 은퇴한 미국 여자가 애지중지하는 다람쥐 가족에게
멸치볶음이나 부순 땅콩 들고 나가
내려오라고 내려와 먹으라고 손차양 한 김에 기어이
노을까지 봐버려야겠다

하루 정도는 사람들이 잘 모른다는
해리스버그 쪽 작은 호수에 나가 한나절 앉았다가
귀룽나무 꽃이 피었다면 꺾어 와 머리맡에 두고
깊은 잠 기어이 들어버려야겠다

미국 할배

치과 약속 있던 날
시간에 쫓겨
헐레벌떡 뛰다가
오늘이 그날인지
갑자기 믿기지 않았다

마주 오는 미국 할배에게
오늘 화요일 맞지요?
물었다

그러엄~ 화요일이지
켄터키 프라이드치킨 그 할배같이
웃으며 지나치다
다시 뛰는 나를 불러 세우더니
성큼 다가와 입술에 검지 대고
눈까지 찡긋, 하며 건네준 두 마디

넘어질라

내일은 수요일이야

박장대소

미국 주류에서도
이름만 대면 알 만한 인사의 어머니가
한국학교 선생들 컨퍼런스에 강사로 와서
자기 아들이 한글을 배우기 시작했다고
한글로 편지를 보내왔다고, 그래서
아들아 한글로 편지를 다 보내다니
참으로 기특하구나, 답장을 했다고
그랬더니 그 아들
나도 어머니가 참으로 기특하구나
하고 답장이 왔다고

늦은 오후의 티타임

해 어깨 약간 기우뚱해지는 시각
키 큰 마로니에 그늘에 숭숭 구멍 뚫렸다
자목련 꽃잎은 뚝, 뚝, 군기 다 빠져
연보란지 연분홍인지 웃음 참 헤프다

좀 늦었을까? 아니 조금 이른지도
놓아버려야 할지 그러쥐어야 할지
열린 시간의 틈 속에 떠 있는
핏줄까지 내비치는 정결한 손바닥
막 돌아와 우듬지 앉 숨 고르며
날개 벌리고 떠 있는 새 부리에
초고추장 같은 햇살 살짝 묻어 있다

아하! 다 알겠다, 그런데 왜
하나도 모르겠다
열려 있나 싶더니 이미 닫힌 생처럼
한 잔 뜨거운 찻물에서 오르던 수증기처럼

大聲一喝

길은 멀고 어둡다
뒤따라오는 차의 헤드라이트가
칠흑의 생애를 쉼 없이 달려간
지사(志士)의 눈빛처럼 준엄하다
눈에 힘주고 캄캄한 전방을 응시한다
과속 방지턱에 걸린 뒤차의 헤드라이트가
두억시니 눈깔같이 희번덕인다
핸들 쥔 손에 힘이 실린다
굽어드는 길
속도를 늦춘 뒤차의 헤드라이트가
허기진 맹수의 눈빛처럼 처연히 빛난다
엑셀레이트에서 발을 떼고 살짝,
나도 브레이크를 밟았을 때다
너 어딜 가는데 그 따위로 달려서
이 어둔 밤길 헤쳐나 가겠냐고
빠앙!

마침내 성공

부모님 내 봉황 뜻 몰라주시니
효도와 어긋나는 열아홉

양다리 애인조차 없어
사랑을 버리는 스물아홉

이녁이 안팎 구분 아니 하시니
금슬과 결별하는 서른아홉

직장이 이녁 맘 같지 않아
승진을 포기하는 마흔아홉

따라오던 자식들 삼거리서 헤어지니
기도가 어지러운 쉰아홉

노후의 예후가 불투명해
내일로 미루는 은퇴

단 한 번의 외도 없이 한 우물 판
성실히 성공한 실패

작아지는 너

동부초등학교 운동장보다 더 너른 광장은 알지 못했던
멀미하며 밀양 외갓집 가는 길보다 더 먼 길은
이 세상 밖으로 나가는 길이었던
산 넘고 바다 넘고 사막 넘어
이제 거의 다 온 듯
아주 멀고 너른 세상의 중심에 다가선다고
치명적으로 오해하던
너

점점 작아진다, 얘야
세상은
방황하라고, 떠돌라고, 씨 뿌리라고 있는 곳이란다
꽃 피고 열매 맺는 것은 네 소관 아니니
사막 되넘고 바다 되넘고 산 되넘어
동부초등학교 너른 운동장 가 측백나무 훌쩍 뛰어넘고
경부선 열차 지나는 건널목 건너
거기 작은 점같이 불 밝은 창호지 문고리 당겨
들어오렴

네가 찾던 중심에 들어가려면
좀 더 작아져야, 아니 없어져야, 옳지, 그렇게
자 이제 불 끄고
눈 감으렴

분홍 립스틱

어울리지 않는, 어울리고 싶지 않던
어울릴 기회 없어 아예 깔아뭉개야 속 시원하던
감당되지 않는, 감당할 자신 없던
감당이고 뭐고 인연 안 닿던
주면 못 이긴 척 받고는 싶던, 그래놓고
원래 내 것이었다 은근히 암시했을
머리 작고 젖 크고 볼 통통한 여자의 것

거무죽죽한 고뇌의 큰 머리 절벽 가슴
숫제 시커먼 아방가르드, 서슬 퍼런
사실은 푸르딩딩한 문제의식
날렵한 여자의 소지품이기엔
결격이라 우겼던
올림머리 장춘다방 젊은 마담 옷고름처럼
누구와도 잘 어울리던, 부농부농
속삭여 보면 정녕 분홍답던
핑크, 라고 오지게 씹어 뱉어도 여전히
딸기 씨처럼 켕기던 몹쓸 화사

짝사랑마저 퇴짜 놓던 우울의 세월 겅중겅중
개 발에 편자였다면 누가 개고 뭣이 편잔지
하마터면 자백해버릴 뻔했는데
어수룩해 뵈는 이놈의 세상은
애저녁에 속속들이 다 알고 있었다고

장군과 퇴기

그때 주말 부부에 애까지 딸려
그 애들 업고 걸려 애 보는 집 맡기고
선생 하러 학교 갔다 오던 친구, 내 어머니 늘
김 선생이 장군이다, 그러셨는데

일 마치고 잠든 애 들쳐 업고 돌아와
가방 목에 걸고 한 손 애 받치고
남은 한 손 문 열다 열쇠라도 떨어뜨리면
그런 환란 다시 없었다, 내 장군 아니었다면
그때 울며 주저앉아 백기 들었을 텐데
어머니는 당신 딸도 장군임을 아실까

오늘처럼 꿉꿉한 날
훈장도 지겹고 승리도 일없다
화장독 오른 퇴기 되어 얼굴 가슴 내맡기고
온 데 두드려주고 눌러주는 집에서
두어 시간 정신 놓고 잠 한번 들고 싶은데

전역할 날 까마득하고 원수는 가까이 있어
지축 울리는 말발굽 소리 자장가 삼아
갑옷 입은 채 꾸벅꾸벅 잠복 중인 참호 위로
물정 모르는 저 달은 어이 저리 환할꼬

횡설수설

청루 계집 같은 세상
저를 긍정하십사 애걸할 때
싸구려 눈물 역심 나 짐짓 부정하네
부정을 뒤집으니 정부네
정부를 두고 사는 건 부정하니
역심도 영 틀리진 않네
순정을 바치는 정부도 적잖고
부정한 정부도 더러 있잖은가
짐짓 놓아본 어깃장도
소 뒷걸음에 쥐 잡히는 촌철살인
예끼, 이 사람 살인이 뭔가 살인이
볼품없는 쇠붙이래도
촌철활인 할 생각을 해야 맞지
허허 살인에서 활인이라
이 사람 잘난 자네
청루 계집 같다 부정한
이 비루한 세상
긍정하고 있는 겐가? 지금

즐거운 답장

선생님 안녕하새(세)요?

즐거운 성탄절 보내새(세)요. 그리구(그리고) 히망찬(희망찬) 갑신년 마지하시구(맞이하시고,) 솔날(설날)도 즐겁게 보내새(세)요. 저는 New York City(에) 있어요. 매내튼(맨해튼은) 엄총(엄청) 조와요(좋아요). 작년에 조롭해구(졸업하고) 여기루(여기로) 왔어요. 맨날(늘, 항상, 언제나) 일 마니(많이) 해요. 한국어로 편지 쓰는 거 노무(너무) 힘들어요. 개단(계단)에(서) 널쩌서(떨어져서, fortunately my parents from 경상도 like your parents ^^) 팔 뿔라서요.(팔이 부러졌어요? sorry for that) 지금 다 나아서요(나았어요). 선생님 감사합니다. 새해 봉(복) 마니(많이) 받으새(세)요.

위처럼 답장했다

멜로로 갈 것이다

'*하이얀*' 와이셔츠 커프스 버튼 살짝 열고
여덟 시에 떠나버린 기차 놓쳐 우울하신
아그네스 발차 여사 심심히 위로하며
복숭아 빛 새우 새근새근 링귀니
단호박 꽃처럼 피는 봉골레 알리올리오
나는 왜 멜로를 쓰지 못할까
귀밑머리 다가가다 데크레센도로 멎는 손
아모레 미오 아득한 버터 향 당겨 와
파슬리 가루 '*파르라니*' 말줄임표도 조금
스카이라운지만 라운지냐
언더그라운드라운지도 라운지라고
오물 넘쳐 기생충 드글대는 당신 지하방에
왜, 왜?
벽찬 최면 한 장 걸어주지 못하는
고추냉이같이 스크루우지같이 인색한
삼류 시인일까

누님 시는 말하자면,

조인성이 아니라 송강호다, 이거죠
그려? 그렇기만 하다면야
누아르도 좋고 서스펜스도 괜찮제
그려? 에서 벌써 송강호란 겁니다
어머 그래? 홍홍홍, 반응이 이래야지

80년대 연변 같던 90년대 필라델피아 한인사회
그 골목 시트콤, 헤쳐 나온 액션 사극
그 안에 있는 멜로 눈 뒀다 어디 썼냐고
시침 떼고 갈 것이다
멜로로 갈 것이다

| 해설 |

이방(異邦)의 신체감각
—강남옥의 시세계

구모룡(문학평론가)

강남옥 시인이 돌아왔다. 1989년 첫 시집 『살과 피』를 내고서 2017년 제2 시집 『토요일 한국학교』를 출간했다. 거의 30년 만이다. 그 사이 무슨 일이 있었을까? 둘째 시집 「시인의 말」은 그녀가 사는 장소를 "미국 펜실베이니아 주, 킹 오브 프러시아"라고 전한다. 필라델피아 이야기는 첫 시집에서 이미 기미를 보였다. 「필라델피아의 Y씨께」라는 편지 형식의 시편을 통하여 미국에 사는 그리운 이에게 답신 안부를 전하고 있다. 편지의 정황이 겨울인데 곧 이듬해 미국으로 건너간 듯하다. 두 번째 시집에 명기한 이력은 1990년 필라델피아로 이주하였고 지금까지 거기에서 살고 있다고 쓴다. 시인은 "그래, 사는 일 맨얼굴에 살바람 맞는 일이라면/시 쓰는 일 코트 깃으로 얼굴 가리고 살바람 헤쳐 걷는 일은 적어도 되어야지"(제2 시집 『토요일 한국학교』에 실려 있는 「필라델피아」)라고 말하면서 이국의 신산한 삶을 위무하는 시의 역할을 표 나게 드러낸다. 제2 시집은 남동생 이야기를 위시하여 필라델피아와 뉴욕 등지의 생활상을 우리에게 전하는데, 30년의 거리를 지닌 둘째 시집을 읽으면서 문득 우리 앞에 다가온 시인의 표정을 대한다. 그리고 다시, 제3 시집 『그냥 가라 했다』를 읽는다.

시인은 30을 바라보며 첫 시집을 선보인 뒤에 60을 앞에 두고 제2 시집을 내었고 갑년을 지나면서 제3 시집을 묶는다. 몸속에 흐르는 시인의 피를 어찌할 수 없었나 보다. 미국의 한인사회에서도 시인의 이름을 올리고 있지 않은가. 가령 둘째 시집에 그러한 이력의 편린이 조금 드러나 있다. 「주뉴욕 대한민국 총영사관」과 같은 시편은 '제15회 재외동포문학상(2013년) 수상작'임을 부기한다. 구체적인 삶 속에서 슬픔과 희망의 서정을 노래하는 시인의 태도는 여전하다. 제2, 제3 시집 모두 고향을 떠나 이국에 사는 사람의 비애와 그리움, 시인의 말을 빌리면 "유랑의 기억"을 이야기한다. 주지하듯이 서정은 어떤 단절감이나 상실감에서 비롯한다. 현재의 삶에서 느끼는 결핍이 만드는 존재의 슬픔은 시적 감정의 원천이다. 고향을 떠나 유랑하는 이에게, 더구나 그가 시인이라면 시적 표현은 피할 수 없다. 강남옥 시인이 중년의 분주한 삶을 돌아보면서 시인으로 귀환한 일은 거의 필연에 가깝다고 생각한다. 이는 「달빛」이 말하듯이 "밤이 되어도/세상의 불빛들은 햇빛을 닮기 위해/필사적으로 커져 있었으므로" 멈추고 서서 내면의 불빛을 보지 못했다는 자각과 이어진다. "나도 이제 가끔씩은/소등이 필요한 때가 되었다"는 진술이 말하듯이 시인은 자기만의 고유한 내면의 황금을 찾고자 하는바, 낯선 이국의 생활 속에서 사회적 자아들(me)이 추방한 진정한 나(I)를 회복하는 일과 다르지 않다. 「걸어 잠그다」가 진술하고 있듯이 시인은 "나인 줄 알았던 수없는 나 피고름"을 밀어내고 "저를 버려 저로 남으려는 모든 자존의/목마름"을 선택하는데 시인은 이를 "책장의 빈 공간이나 눈에 잘 안 띄는 어디쯤/오도카니 무릎 세우고 앉은,/쪼글쪼글해지고 까매진,/가볍고 단단해진,/흔들어도 적막조차 들리지 않는,/마른 사랑의 골격 더듬어 보며 톡, 톡, 두드리며/파삭하게 투명하게 울리는 그 소리/가감 없이 받아 적는 일"(「사랑을 두드리다」에서)이라고 부연한다. 견디고 기다리는 인고의 자세는 내면의 진정한 소리와 만나려는 의지의 표출이다.

먼저 추억은 가장 손쉬운 시법이다. 이곳에 없는 그곳의 기억을 불러냄으로써 의식의 결핍을 벌충한다. 하지만 이러한 지향은 그 자체로 현실을 되비추는 반성의 기제가 될 뿐 존재를 이끄는 힘이 되지는 못한다. 고향의 추억은 삶의 진정성을 회복하는 구체적인 과정과 결부될 때 시적 긴장을 획득한다. 그래서 「패인 자리」와 「기다리지 못했네」와 같은 시편들이 형성하는 역설의 자리가 있다. 단지 현실을 무로 돌리기 위하여 기억을 불러내는 방식이 아니라 지금-이곳의 삶이 지닌 구체적인 현상을 말하기 위하여 과거를 돌아본다. 그만큼 순수서정의 위안에 안주할 수 없다. “시간의 무게”(「패인 자리」에서)나 “캄캄해질 날들”(「기다리지 못했네」에서)을 생각하지 않을 수 없기 때문이다. 이러한 점에서 추억을 불러내어 삶의 진정성을 말하고 있는 「두근두근 눈부신 체취」가 시인의 중요한 시법으로 자리한 것으로 보인다. 학창시절의 한 사건이 “비바람 들이치는 공터”로 밀려나는 삶 속에서 “벌건 녹슬기 전, 불도저에 면상 다 찌그러지기 전/두근두근 눈부신 체취의 기억 남아 있는 날 동안/기록해두자 우리/필사적인 일회용 생의 수첩에/뛰는 가슴 가늘게 뜬 눈 떠도는 린넨 향”으로 다시 생성한다. 구체적인 현실을 견디고 이겨내는 힘으로 순수한 추억이 작용하는 과정을 기록하는 일! 따라서 뒷걸음치거나 도피하려는 의도와 무연한 자리에 회억의 역설이 있다. 가령 “맨몸으로 떠나보낸 어린 꽃들 생각에/봉두난발 허공에 처박으며 들이받으며/이 지경에도 청청히 번어가라는 소명(召命) 기막혀/제 손으로 제 가슴 치며 우우 나무가 하도 울어서/바람 분다”(「바람 분다」에서)와 같은 구절이 말하는 역설이다. 적어도 이와 같은 역설의 문법은 1980년대가 이룬 ‘새로운 서정’의 자장 속에 강남옥 시인이 존재함(이는 「틈 지다」에서 “모든 우는 것들을 들여다

보면 거기/틈이 져 있다/그 틈 넓을수록 울음소리 높다가/그 틈 이 한세상 끌어안을 때/모든 울음은 고요로 돌아간다/세상 모든 고막이 터져버린 때문이다"와 같이 서늘한 구절로 진화하고 있다)을 지시하기도 하는데, 이러한 시법의 벡터에 의하여 시인은 1) 추억과 고향의 이야기 서술하기 2) 미국 필라델피아의 생활 말하기 3) 과거의 기억과 현재의 삶을 병치하기 등의 양식을 표출한다.

고향은 강남옥 시인의 시적 원천이다. 「원동을 떠나다」는 "마른 먼지 자욱한 가로수 길/소 버짐같이 쓸쓸하던 봄 그날/첫 차 타고 떠나왔다, 떠난 그대처럼/보고 싶고 안 보고 싶던 날들 셀 수 없건만/다시는 다시는 작은 원동/내 돌아가지 못했다"라고 진술한다. 원동은 추억 속의 한 마을이지만 시적 원천과 같은 상징으로 자리한다. 「신거역」도 추억을 구성하는 풍경의 한 부분을 말하고 있다. 본디 역은 사람이 들고 나는 비장소에 해당한다. 가령 "아메리카 일 번지 워싱턴디씨 유니온 스테이션"이 그렇다. "지나쳐 갈 뿐인 역사"에 불과하지만, 기억의 원형으로 남아 있는 "신거역"은 이와 다르다. "이제는 낯선 신거역에 가 닿으면/신거역은 그 달밤을 기억할까/내 기억도 누군가에겐/고개 끄덕여지는 울고 싶은 달밤일까"라고 물으며 그리워한다. 이러한 그리움으로 이국의 장소에서 그곳을 "샹그릴라"(「그곳」에서)라고 부르는데, 사라진 고향의 아름답고 신비로운 산골짜기처럼 보이기 때문이다. 이처럼 향수를 품은 시인은 "온밤 내 잠 못 들고 서성이던 서정"을 뿌리치지 못한다. 그래서 "오랜 그리움 해감에 넘어 나오는 것들 훔치느라/코 밑 꺼매진 행주 그렁그렁한 눈물 닦아주며/몽당연필 같은 여생 빈 볼펜 자루에 끼워/조심조심 뾰족이 다듬고 있다네"(「부엌의 사색」에서)라고 말하면서 "그리움의 깊이"(「손을 들여다보다」에서)를 표현한다. 물론 고향의 추억 속에는 가족사적 사연들이 등장하는데, 할머니, 고모, 어머니, 아버지 등의 친족과 이웃 이야기는 시의 서술성을 더한다. 시인에게 이야기 시의 가능성은 열려 있다. 기억과 이야기는 상관성을 지닌다. 시인은 이야기를 통하여 기억을 소환하여 지속되기를 갈망한다. 이는 "그때"로 시작하는 연작 시편, 「늙은 소」, 「보따리」, 「독사의 자식」, 「언덕과 사람」, 「황혼에 듣는 부음」, 「장군과 퇴기」 등에서 잘 나타난다. 소멸과 상실에 저항하는 존재의 정동은 매우 근본적이다. 그만큼 이방의 신체감각은 사라지고 없는 것들에 민활하다.

「쌀과 꽃」은 미국 생활에 대한 해학을 품고 있는 시편이다. "쌀 포대는 크고 무겁고/꽃다발은 작고 가볍지만/값은 같다"라는 결구를 지닌 이 시편은 쌀과 꽃으로 구별되는 한국인과 미국인에 대한 선물의 양식을 표상한다. 유머와 해학이 깃든 시선은 일종의 관조와 거리이다. 온전한 감응을 이룰 수 없는 생활 감각인데, 「내 사랑 클레멘타인」과 같은 혼성 패러디가 흥미롭다. "내 아는 나는"이라고 뚜렷하게 시적 주체를 들추어내고 있듯이 동화할 수 없는 생활의 이격을 표출한다. 요절한 친구를 묻고서 시적 화자의 입을 빌려 시인은 "우리는 모두 무언가를 끌고 간다/여기까지 끌고 온 것에 대해/지금 끌고 가는 것에 대해/앞으로 끌고 가야 할 것에 대해/뒤에서 저를 주저앉히려 한 것에 대해/담담하게 말할 수 있는 반전의 때가/생의 마감을 알리는 신호라면/치욕도 상처도 내려놓음 없이/헐떡이며 마냥 끌고 가야 하는 것일까/저 헐떡이며 쉼 없이 내리는 눈발처럼"(「끌고 간다」에서)이라고 진술하고 있다. 생을 끌고 가는 행위에 비유함으로써 이민자 생활의 질곡을 단번에 요약하고 있다. 더구나 "반전의 때가/생의 마감을 알리는 신호"라고 진술하는 대목에 이르러 비애마저 느끼게 한다. 「거기」는 음식과 풍경, 도시와 장소를 모두 미국과 한국의 사물로 병치하는 화자의 의식을 말하는데 말하는 이가 곧 시인 자신임을 알기 어렵지 않다. 시인은 "동대문 시장에서 떼 와 이문 엄청 붙여 파는 한국 시장 옷이 편해진 것은 최근이다/머릿속뿐만 아니라 엄마 닮아가는 몸도 알아차리기 시작했다/한 치도 앞으로 나아가지 못했다는 걸/원심(圓心)에 묶인 실이 조금 더 풀렸던 것뿐이라는 걸"이라고 몸의 감각이 고향의 원심력에서 벗어나 있지 못함을 고백한다. 결국 남은 것이 "고단한 이민 살이"(「그리운 돼지코」에서)라는 말이다. 아울러 "나/혼자 있다”(「이방인」에서)는 고절감에 시달린다.

우리를 우리이게 하지만 때로/숨고 싶은 너를 드러나게 하는/기어이 터지고야 마는 재채기 같은/수습할 겨를 없는 딸꾹질 같은/걷어내고 싶은 성가신 실밥 같은/감출 수 없는 새치 같은/떨려나지 않는 거미줄 같은/말과 말 사이/본토와 이방 사이/너와 나 사이/밀물과 썰물 사이/나타났다 사라졌다/그러나 거기 엄연히 존재하는/사람이 사는/섬 같은 (「악센트」 부분)

존 던은 “인간은 섬이 아니다”라고 했으나 미국 이민자인 시인은 “섬 같은” 소외감을 토로하고 있다. 인용한 시편은 차이와 차별에 민감한, 어쩔 수 없는 이방의 직절한 생 감각을 그대로 표출한다. 시인이 말하고자 하는 바는 단순한 이분법이 아니다. 선악의 윤리도 아니며 구체적인 삶의 모습을 제시하는 데 그 의도가 있다. 사물과 이미지의 병치는 아시아적이자 한국적인 신체를 드러내려는 시적 기획의 산물이다. 가령 「자장가」는 “미국서 태어났어도/탯줄이 한국에 붙어 있던 아이에게/자장가의 으뜸은” “자장자장 자장자장/우리애기 잘도잔다/금자동아 은자동아/자장자장 자장자장”이라는 자장가이며 이를 불러주었을 때 “아이는 금세 잠들곤” 했다고 진술한다. 언어와 생활 등 습속에 내재한 집단기억의 존재를, 그 지속의 물줄기를 시인은 말하고자 한다. 더불어 "본토 떠나면/가장 먼저 사라지는 게 말이고/가장 오래 살아남는 게 음식"(「말이여 된장이여」에서)이라서 제2 시집이 이미 전한 바 있듯이 한국어 교육이라는 실천적 수행을 강조한다. 시인은 "이밥 한 공기, 흰 빵 한 조각이면/깨끗이 들통나는/간명한 내 정체"(「정체」에서)라고 말함으로써 자기 동일성을 각명하게 표명한다.

시집의 마지막 시편인 「멜로로 갈 것이다」는 어쩌면 다음 시작의 예고일 수 있겠다. "80년대 연변 같던 90년대 필라델피아 한인사회/그 골목 시트콤, 헤쳐 나온 액션 사극/그 안에 있는 멜로 눈 뒀다 어디 썼냐고/시침 떼고 갈 것이다/멜로로 갈 것이다." 아마 시인은 응축보다 해사(解辭)를 말하려 하는가 싶다. 서정의 긴장을 늦추고 억압된 삶을 방해하는 문법을 생각하고 있다. 이야기가 많아지고 서술성이 더 빈번하겠다. 나아가서 소설을 기대할 수도 있겠다. 그만큼 이방의 신체에 드리워진 그늘이 깊다.

시인과 나는 정일근, 최영철 시인과 함께 80년대 후반에 만났다. 첫 시집을 건네받고 끊어진 소식은 제2 시집을 통하여 전달되었다. 정일근 형의 요청으로 제3 시집의 발문을 맡았다. 왜 그랬을까. 연초에 나왔어야 할 시집이 이토록 늦어졌다. 나의 글 탓이다. 먼 이국에 있는 시인의 애를 태워 미안한 마음이다. 그러함에도 그 어떤 그리움과 뒤섞인 망설

임이 나를 끝없이 지체시켰다. 팬데믹이 휩쓸고 있는 우울을 함께 견디는 힘으로 신속하게 전하지 못한 자책이 없지 않다. 강남옥 시인의 건승을 빈다.

강남옥

1959년 경북 청도에서 태어나 효성여대 불문학과를 졸업했다. 1988년 〈매일신문〉 신춘문예에 시가 당선되어 등단했으며 시집으로 『살과 피』(1989), 『토요일 한국학교』(2017)가 있다. 1990년 도미하여, 현재 미국 필라델피아 근교에 거주하고 있다. ghangnamok@gmal.com

:: 산지니 시인선 ::

001 **금정산을 보냈다** 최영철 시집 *2015 원북원부산 선정도서

002 **소금 성자** 정일근 시집 *2016 세종도서 우수문학도서

003 **석간신문을 읽는 명태 씨** 성선경 시집

004 **봄 꿈** 조향미 시집

005 **그냥 가라 했다** 강남옥 시집

007 **사슴목발 애인** 최정란 시집 *2017 세종도서 우수문학도서

011 **은근히 즐거운** 표성배 시집

012 **나이지리아의 모자** 신정민 시집

013 **다다** 서규정 시집 *2016 세종도서 우수문학도서

014 **맨발의 기억력** 윤현주 시집

015 **새로운 인생** 송태웅 시집 *2018 한국문화예술위원회 문학나눔 선정도서

그냥 가라 했다

초판 1쇄 발행 2020년 11월 9일

지은이 강남옥
펴낸이 강수걸
편집장 권경옥
편집 박정은 윤은미 강나래 김해림 최예빈
디자인 권문경 조은비
펴낸곳 산지니
등록 2005년 2월 7일 제333-3370000251002005000001호
주소 부산시 해운대구 수영강변대로 140 BCC 613호
전화 051-504-7070 | 팩스 051-507-7543
홈페이지 www.sanzinibook.com
전자우편 sanzini@sanzinibook.com
블로그 sanzinibook.tistory.com

ISBN 978-89-6545-659-9 03810

* 책값은 뒤표지에 있습니다.
* 이 도서의 국립중앙도서관 출판예정도서목록(CIP)은 서지정보유통지원시스템 홈페이지(http://seoji.nl.go.kr)와 국가자료공동목록시스템(http://www.nl.go.kr/kolisnet)에서 이용하실 수 있습니다.(CIP제어번호: CIP2020022000)